GW00863366

BILLIE B. BROWN

SALLY RIPPIN

Bruño

BILLIE B. ES UNA CAMPEONA

Título original: *Billie B Brown*
The Bad Butterfly / The Soccer Star

Publicado por primera vez por Hardie Grant Egmont, Australia

Juan Ignacio Luca de Tena, 15
28027 Madrid
www.brunolibros.es

Dirección Editorial: Isabel Carril
Coordinación Editorial: Begoña Lozano
Traducción: Pablo Álvarez
Edición: María José Guitián
Ilustración: O'Kif
Preimpresión: Alberto García
Diseño de cubierta: Miguel A. Parreño (MAPO DISEÑO)
ISBN: 978-84-696-0025-2
D. legal: M-10131-2014
Printed in Spain

Billie B. Brown

La bailarina patosa

Capítulo 1

Billie B. Brown lleva dos
coletas despeluchadas,
unas zapatillas de ballet
de color rosa y un tutú nuevo.

¿Sabes qué significa la B
que hay entre su nombre
y su apellido?

¡Sí, has acertado! Es una B de

BAILARINA

COLETITAS DESPELUCHADAS
TUTÚ NUEVO
ZAPATILLAS DE BALLET

El mejor amigo de Billie
se llama Jack.

Billie y Jack viven puerta
con puerta y siempre hacen
lo mismo.

Si Billie decide jugar al fútbol,
Jack también.

Si Jack decide escuchar música, Billie también.

Si Billie decide hacerse un sándwich gigante con plátano, miel y chocolatinas, Jack también: aunque a él le gustan más los sándwiches de salami, la verdad.

Hoy Billie y Jack van a clase de ballet.

¿CÓMO? ¿Que un chico no puede hacer ballet? Por supuesto que sí.

Los chicos pueden ser estupendos bailarines.

Billie se ha puesto su tutú nuevo, y Jack los pantalones con los que juega al fútbol.

La profesora de ballet de Billie
y Jack se llama Primor.
Billie piensa que es guapísima.

La señorita Primor hace
un grupo con todas las niñas.
Una de ellas se llama Lola.

En el cole, Lola y Billie
también están en la misma
clase.

Lola lleva un tutú precioso adornado con lentejuelas brillantes, y Billie siente un poquito de ENVIDIA. ¡Le encantaría que su tutú también tuviera lentejuelas!

—¡Niñas, vais
a ser mariposas! —dice
la señorita Primor—. Cuando
yo toque el piano, quiero
que flotéis por la sala como
bellas y delicadas mariposas.

Lola mueve los brazos arriba
y abajo con la gracia
de una mariposa.

—¡Precioso, Lola! —exclama
la señorita Primor.

Billie quiere demostrarle
a la señorita Primor que ella
también puede ser
una delicada mariposa.
Por eso mueve los brazos
arriba y abajo, muy deprisa,
mientras gira como una
peonza.

—¡AY! —grita la niña que está
a su lado—. ¡Me has pisado!

—¡AY! —chilla la niña
que tiene delante—. ¡Casi
me rompes la nariz!

—¡TEN CUIDADO! —protesta
la niña que está detrás—. ¡Me
vas a destrozar las gafas!

—Ejem… Gracias, Billie. Vamos a descansar un poquito, ¿de acuerdo, chicas? —dice la señorita Primor, acercándose al grupo de los niños.

—Bueno, chicos, vosotros vais a ser feroces trolls —anuncia la profe—. Tenéis que caminar dando pisotones. Y vais a intentar cazar a las mariposas. ¿Preparados?

—¡Sí! —grita toda la clase.

Billie CHILLA más que nadie.

Quiere que a la señorita
Primor le quede
claro que ella desea
con toda su alma
convertirse
en una magnífica
mariposa bailarina.

Capítulo 2

—Venga, vamos a empezar
—dice la señorita Primor.

Se sienta al piano y, con la mano derecha, empieza a tocar una música que imita el tintineo de una campana. Es la canción de las mariposas.

Al mismo tiempo, con la mano izquierda, toca una música que imita los pisotones de un gigante. Es la canción de los trolls.

Billie empieza a correr por la sala agitando los brazos muy deprisa. ¡Es una mariposa superveloz! Sin querer, reparte tortazos entre sus compañeras.

—¡AY! —grita una niña.

—¡CUIDADO! —exclama otra.

Pero Billie no se detiene. Es una bella mariposa que aletea en la brisa.

Jack, puesto que es un troll, intenta atrapar a Billie, pero ella es demasiado rápida. Más rápida que las demás mariposas. ¡Más rápida incluso que los trolls!

Mientras recorre la sala como una mariposa loca, Billie gira la cabeza para comprobar si la señorita Primor la está mirando.

Billie quiere que la profe vea lo bien que baila, pero de repente:

¡CRACK!

¡Billie se estrella contra el espejo!

—¡Ay, Billie! —grita la señorita Primor, corriendo hacia ella—. ¿Estás bien? ¡Creo que deberías tomarte el baile con más calma!

Billie se ha dado un buen golpe en la cabeza y le duele mucho, pero NO QUIERE LLORAR delante de todo el mundo.

Se sienta, se frota el chichón y frunce los ojos hasta que se le pasa el MAREO.

La señorita Primor le pone una mano en la frente. Está fría, y eso hace que Billie se sienta mejor.

—Estoy bien. ¡Mire! —dice Billie con voz de pito, y agita los brazos como una mariposa que tuviera un ala rota.

—Es mejor que descanses un rato, Billie —replica la señorita Primor.

—Yo me quedo con ella —se ofrece Jack.

—Gracias, Jack —dice la profe.

A continuación, la señorita Primor se pone de pie otra vez y da unas palmadas para llamar la atención de los bailarines.

—Bueno, chicas, a ver cómo movéis esas alas de mariposa. ¡Qué maravilla, Lola! ¡Así se hace! Venid para acá, trolls. Vamos a ver cómo pisoteáis el suelo. ¡Buen trabajo!

—¡El ballet se me da fatal, Jack! —dice Billie con cara de tristeza.

—¡No se te da fatal! Solo necesitamos practicar. Tranquila, ensayaremos en casa.

—¿De verdad? ¡Gracias, Jack!

Capítulo 3

Esa noche Billie cena a toda velocidad.

—¿Puedo ir a casa de Jack? —les pregunta a sus padres.

—¿No tomas postre? —se extraña su padre.

—¡Hay pudin de plátano! —dice su madre.

—Luego lo probaré —dice Billie—. ¡Ahora tengo que practicar ballet!

Billie sale
corriendo al jardín
por la puerta trasera.
¡En la vieja valla de madera
hay un agujero que tiene
el tamaño justo de Billie
y Jack!

Billie se apretuja y pasa
al jardín de su amigo.

Una vez allí, mira por una
ventana y ve que Jack
y su familia todavía
no han terminado
de cenar.

En cuanto
ve a Billie, su amigo
la saluda con una mano
y se pone a comer
a toda velocidad.

El padre de Jack se vuelve
y, con un gesto,
le indica
a Billie que entre.

—¡Hola, Billie! —dice—.
Precisamente Jack
me estaba contando
lo bien que
bailáis.

Billie se siente muy HALAGADA. Sonríe a su amigo y dice:

—Sí, vamos a ser grandes bailarines. Pero yo todavía tengo que practicar un poco...

—¡Pues vamos! —exclama Jack, levantándose de un salto.

—¿No queréis postre? —les pregunta la madre de Jack.

—¡Hay tarta de queso! —dice el padre de Jack.

—¡Luego! —gritan los niños al mismo tiempo mientras suben corriendo al cuarto de Jack.

Billie practica para ser una buena mariposa, y Jack para ser un buen troll.

Billie agita los brazos arriba y abajo y revolotea por la habitación. Hasta que...

Se da un porrazo contra
la mesa donde están las
construcciones de Jack.
¡Las piezas salen disparadas
en todas direcciones!

A continuación, Billie
se da otro porrazo contra
el escritorio de Jack.

¡PLAF!

¡Todos sus cochecitos
y superhéroes
se desparraman
por el suelo!

—¡Billie, vas
demasiado rápido! —dice
Jack—. Tienes que moverte
como una mariposa: lenta
y suavemente, así.

Jack se eleva sobre las puntas de los pies y agita los brazos con gracia. A continuación, aletea por el cuarto como una auténtica mariposa.

Billie, enfadada, da un pisotón en el suelo.

—¡No soy capaz! —exclama—. ¡Es demasiado difícil! ¡Nunca seré una gran bailarina!

—¡Ja, ja, ja! ¡Pateas como un troll! —se ríe Jack.

—Oye, se me ocurre una idea... —dice Billie, riéndose también.

Capítulo 4

Durante la semana siguiente, Billie y Jack ensayan todos los días después del colegio. Unas veces, en la habitación de Billie; otras, en la de Jack.

Sus padres los oyen patear al ritmo de la música:

¡PLOM! ¡PLOM! ¡PLOM!
¡PLOM! ¡PLOM! ¡PLOM!
¡PLOM! ¡PLOM! ¡PLOM!

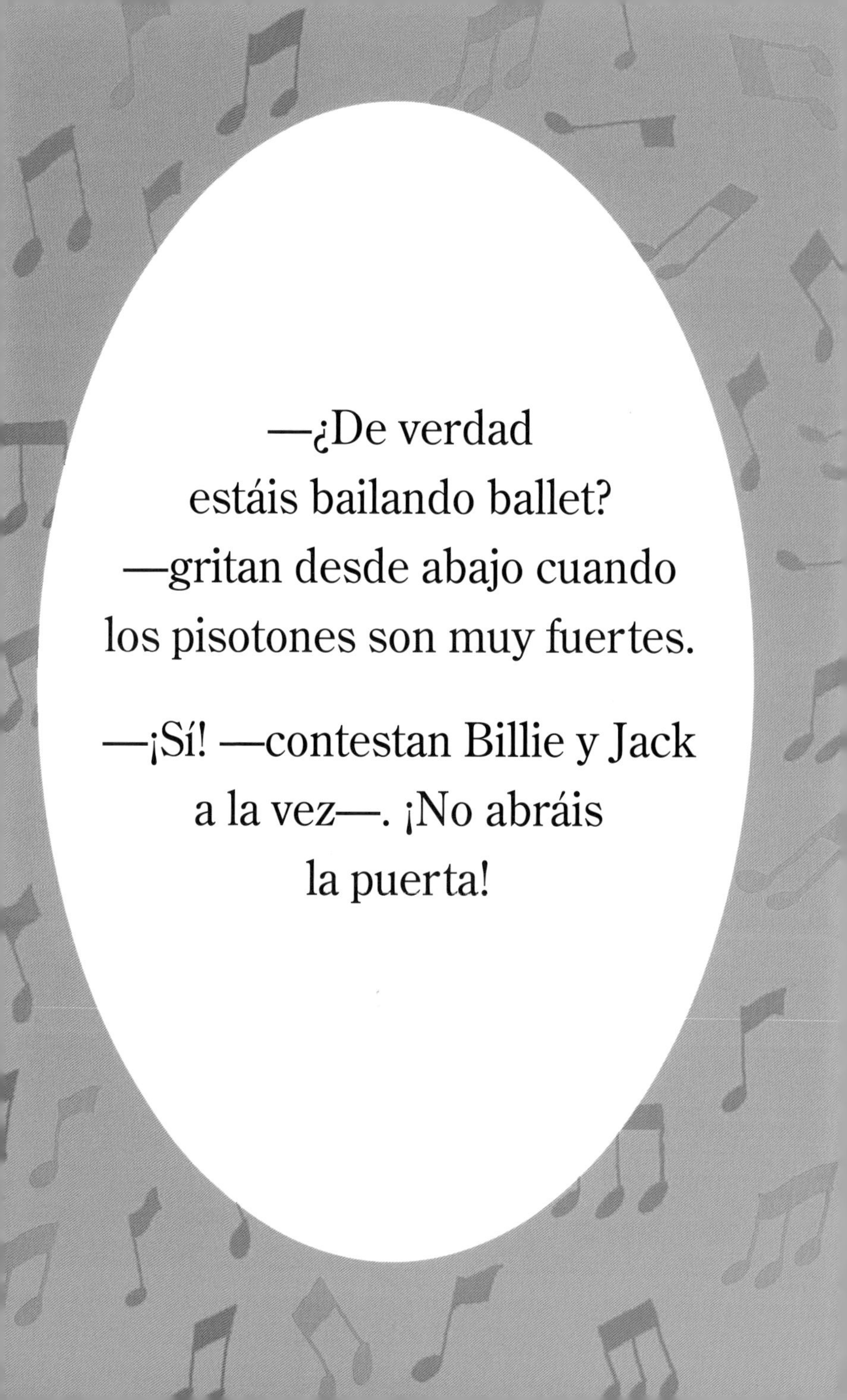

—¿De verdad
estáis bailando ballet?
—gritan desde abajo cuando
los pisotones son muy fuertes.

—¡Sí! —contestan Billie y Jack
a la vez—. ¡No abráis
la puerta!

Para la siguiente clase de ballet, Billie y Jack están preparados.

Billie se pone el tutú. Sin embargo, en lugar de sus zapatillas de ballet de color rosa, se calza unas botas rojas enormes.

¿Adivinas lo que pretende?

La madre de Billie los lleva
a clase en coche.

Cuando entran en la sala
de baile, la señorita Primor
da unas palmadas.

—¡Hola, chicos! —dice—.
¿Estáis preparados para bailar
como mariposas y como trolls?

Billie y Jack se miran
y contestan que sí.

—Bueno, Billie, ¿qué te parece
si hoy sigues a Lola? Y tú, Jack,
ponte con los chicos,
¿de acuerdo?

—Hum... La verdad es
que hemos decidido
cambiar los papeles
—anuncia Billie.

—¿Cómo? —pregunta
la señorita Primor.

—Bueno, a Jack se le da
mucho mejor que a mí hacer
de mariposa —explica Billie—.
¡Y yo soy muy buena dando
pisotones! ¡Pateo como un
troll!

La señorita Primor sonríe.

—¡Qué gran idea!
Por supuesto que puedes
ser un troll. Y me parece
estupendo que quieras hacer
de mariposa, Jack.

—¡Hurra! —gritan Billie y Jack a un tiempo.

Jack aletea por la sala y Billie lo persigue danto patadas en el suelo.

Jack hace muy bien de mariposa, y Billie es un troll genial.

¡Los dos se lo pasan bomba!

Cuando la clase acaba, el padre de Jack está esperándolos en la puerta.

—¿Qué tal os ha ido hoy, chicos? —les pregunta—. ¿Sigues queriendo convertirte en una gran bailarina, Billie?

—Tal vez —contesta ella, sonriendo a Jack—. Pero ¡creo que PREFIERO EL FÚTBOL!

Billie B. Brown

La estrella del fútbol

Billie B. Brown tiene dieciséis pecas, seis pares de calcetines a rayas, un sándwich de plátano y unas zapatillas de deporte que le encantan.

¿Sabes qué significa la B que hay entre su nombre y su apellido?

¡Sí, has acertado! Es la B que hay en

FUTBOLERA

SÁNDWICH
DE PLÁTANO
PECAS
CALCETINES
A RAYAS

El mejor amigo
de Billie
se llama Jack.
Billie y Jack van
a la misma clase.

A la hora de la comida, juegan juntos en el puente de barras. Billie se cuelga boca abajo. Jack va de un lado a otro agarrándose a los hierros. Después, trepan a lo alto del puente y allí comen juntos.

Desde ese sitio, ven todo el patio. Es un buen lugar para comer.

De pronto se les acerca un chico de su clase. Se llama Sam.

Sam se para debajo del puente, mira a Billie y a Jack y dice:

—Necesitamos otro jugador de fútbol.

—¡Genial! —contesta Billie. Mira a Jack y exclama—: ¡Vamos a jugar!

—No, tú no —replica Sam.

—¿Por qué no? —pregunta Billie, frunciendo el ceño.

—Porque las chicas no saben jugar al fútbol —responde Sam.

Billie nunca ha oído una bobada semejante.

—Vaya tontería —dice—. Bueno, da igual, porque yo no quiero jugar. El fútbol es un rollo.

—¿Estás segura? —dice Jack—. Tú corres mucho, Billie. Se te daría muy bien.

Pero Billie niega con la cabeza.

Le gustaría decirle a Jack que no vaya a jugar; que si él se va, ella se quedará sola en el puente sin su mejor amigo. Pero le da VERGÜENZA y además ESTÁ MOLESTA.

Cuando abre la boca, no consigue decir nada.

—¿Vienes? —le pregunta Sam a Jack.

—Claro —contesta él—. ¿Quieres venir a vernos jugar, Billie?

—No. Ya te lo he dicho: el fútbol es un rollo —dice Billie.

Jack se baja del puente y se va trotando con Sam al campo de fútbol.

Billie se queda sola. Todavía tiene un sándwich de plátano.

Los sándwiches de plátano son sus favoritos, pero Billie ya no tiene hambre.

La tristeza le ha revuelto el estómago, así que cierra la maletita y espera a que suene el timbre para volver a clase.

Capítulo 2

Cuando suena el timbre, Billie espera a Jack junto a la fuente del patio. Pero su amigo aparece con los chicos del equipo de fútbol. Y está muy feliz.

—¡Eh, Billie! —exclama—. ¡Hemos ganado el partido! ¡Yo he metido un gol! ¡Tendrías que haberme visto!

Billie observa la gran sonrisa de Jack.

Le falta un diente, lo que a Billie le hace mucha gracia. Así que se ríe y se le pasa el enfado.

—¡Genial! —le dice—. Ahora vámonos, que tenemos que empezar el trabajo de plástica.

—Es que… voy a hacerlo con Benny y con Sam —replica Jack—. Vamos a construir un campo de fútbol. ¿Quieres participar?

—Billie no sabe hacer un campo de fútbol —dice Sam.

—¿Cómo que no? —replica ella.

—¡Eres una chica! —contesta Benny—. Las chicas no juegan al fútbol.

Billie está furiosa de nuevo.

SE ENFADA con Sam. SE ENFADA con Benny. Y sobre todo SE ENFADA con Jack.

¡Jack es su mejor amigo y siempre lo hacen todo juntos!

—¡Pues me da igual! ¡Resulta que no quiero trabajar con vosotros! —exclama Billie—. Ni tampoco hacer un campo de fútbol. ¡El fútbol es un rollo!

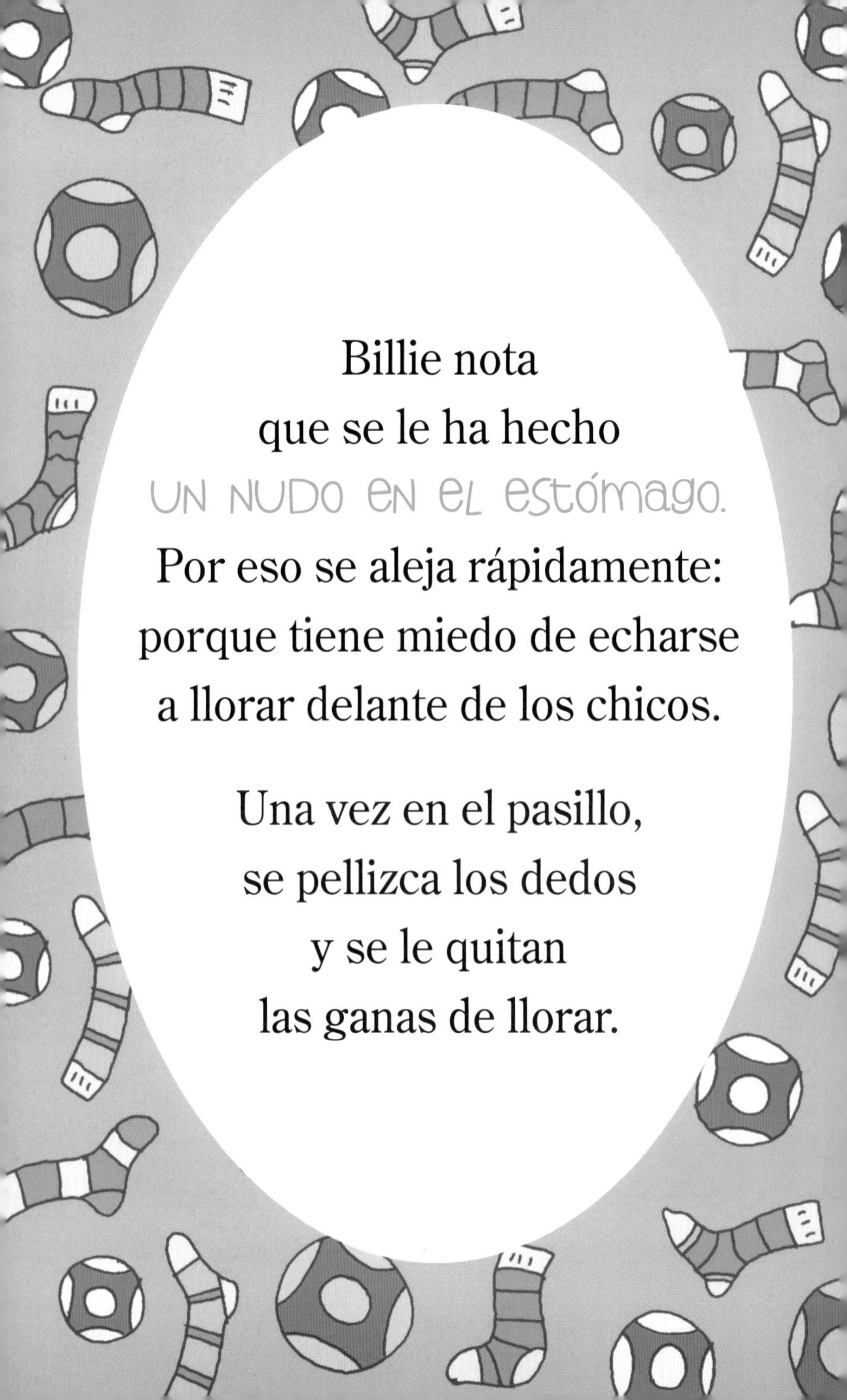

Billie nota
que se le ha hecho
UN NUDO EN EL ESTÓMAGO.
Por eso se aleja rápidamente:
porque tiene miedo de echarse
a llorar delante de los chicos.

Una vez en el pasillo,
se pellizca los dedos
y se le quitan
las ganas de llorar.

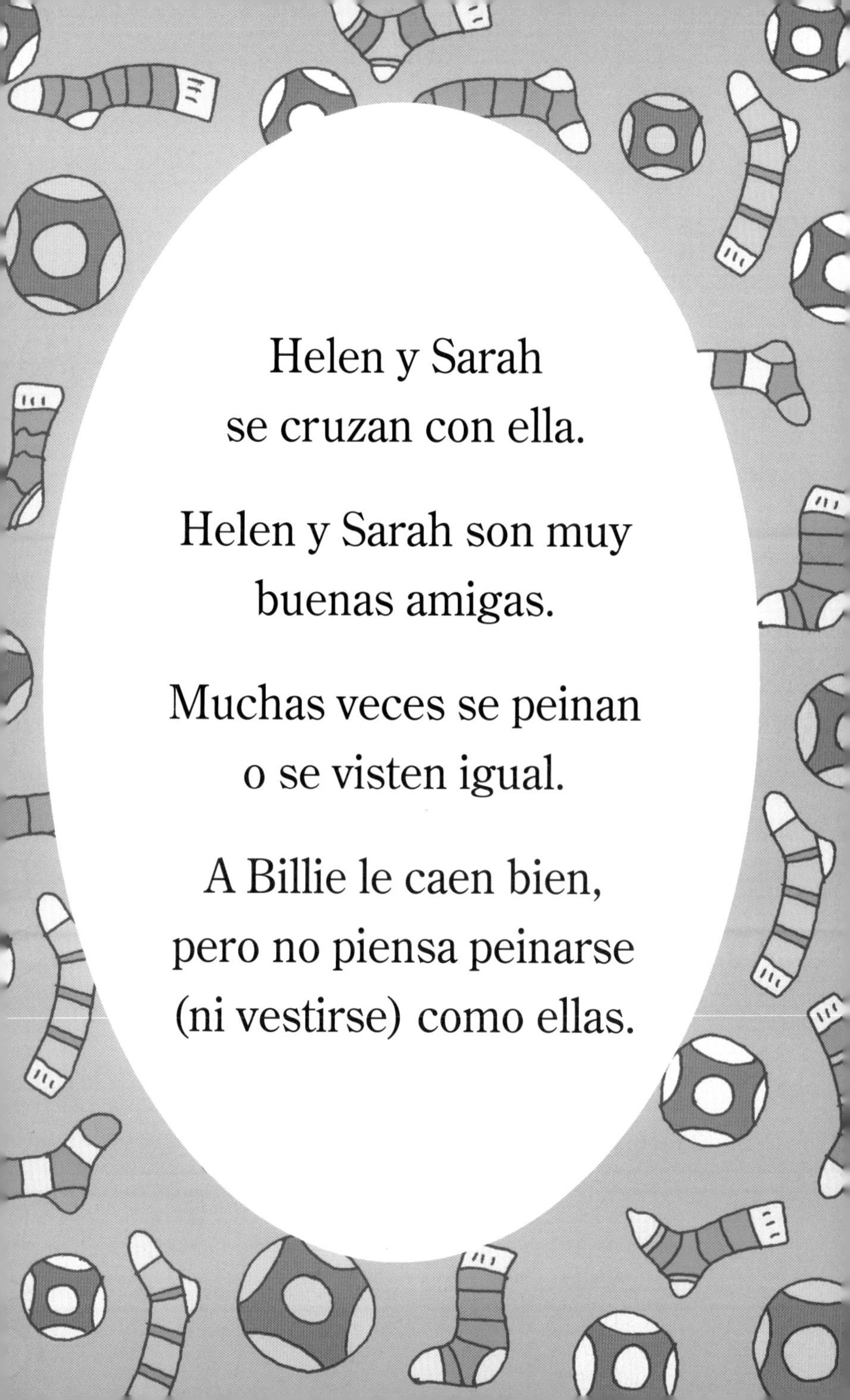

Helen y Sarah
se cruzan con ella.

Helen y Sarah son muy
buenas amigas.

Muchas veces se peinan
o se visten igual.

A Billie le caen bien,
pero no piensa peinarse
(ni vestirse) como ellas.

—Hola, Billie
—la saluda Helen—.
¿Qué vas a hacer para
plástica?

—No lo sé —contesta Billie.

—Nosotras vamos a hacer un
circo —dice Sarah.

—¡Qué chulada! —exclama
Billie—. ¿Puedo hacerlo con
vosotras?

—Claro —dice Sarah—. Pero
¿no vas a hacer el trabajo
con Jack?

—Ahora solo quiere estar con los del equipo de fútbol —responde Billie—. Sam y Benny dicen que las chicas no sabemos jugar.

—Ni falta que nos hace —dice Helen—. Yo no pienso jugar al fútbol jamás. ¡Puaj!

—Ni yo —dice Sarah—. El fútbol es de chicos.

—¡Menuda tontería! —protesta Billie—. ¡Las chicas podemos jugar al fútbol fenomenal!

De repente, Billie deja de estar triste. Deja de sentirse mal. Deja de sentirse furiosa.

¡A Billie B. Brown se le ha ocurrido una idea!

Capítulo 3

Después de las clases, Jack y su madre esperan a Billie en la puerta del colegio. Billie y Jack siempre vuelven juntos a casa porque viven puerta con puerta.

—Hola, Billie —la saluda la madre de Jack—. ¿Lo habéis pasado bien en el cole?

—¡Sííííí! —grita Jack—. He jugado al fútbol. ¡Y he metido el gol que nos ha hecho ganar!

—Eso está muy, pero que muy bien —dice la madre de Jack—. ¿Y tú, Billie? ¿Tú también has jugado al fútbol?

—No —contesta Billie—, yo no he querido.

—Eso no es propio de ti, Billie. ¡Jack y tú siempre lo hacéis todo juntos!

Billie respira hondo. Está nerviosa.

A veces, para decir la verdad hay que ser muy valiente.

Decir la verdad da un miedo espantoso. Pero hoy Billie está decidida a ser valiente.

—No me gustó que te pusieras a jugar al fútbol sin mí —le dice a Jack—. ¿Es que ya no quieres ser mi amigo?

Jack la mira sorprendido.

—¡Claro que sí! ¡Eres mi mejor amiga, Billie! Pensé que eras tú quien no quería jugar conmigo.

Billie se pone muy CONTENTA al comprobar que Jack y ella siguen siendo amigos.

Estaba muy preocupaba por la posibilidad de que él ya solo quisiera jugar con los chicos...

Billie sonríe.

—Se me ha ocurrido una idea. Pero voy a necesitar tu ayuda. ¿Cuando lleguemos a casa vienes al parque conmigo?

Jack mira a su madre, pidiéndole permiso.

Ella sonríe y dice que sí con la cabeza.

—Yo puedo llevaros al parque, chicos —asegura—. Pero pregúntale a tu madre si te deja ir, Billie. Quedamos delante de tu casa dentro de diez minutos, ¿vale?

—¡Vale! —contesta Billie.

Jack sonríe. Se ha dado cuenta de que a Billie se le acaba de ocurrir otra de sus requetebuenísimas ideas.

—¿Qué vamos a hacer?
—le pregunta.

—Te lo explico en el parque
—dice Billie—. Tú trae tu
balón de fútbol. ¡Y tu gorra
roja! ¡Que no se te olvide!

Capítulo 4

Al día siguiente, el padre de Billie acompaña a su hija y a Jack al cole.

Sam está esperando a Jack en el patio.

—Eh, Jack, ¿juegas con nosotros a la hora del recreo? —le pregunta.

—¡Sí! —contesta Jack, y él y Billie se miran y se hacen un guiño.

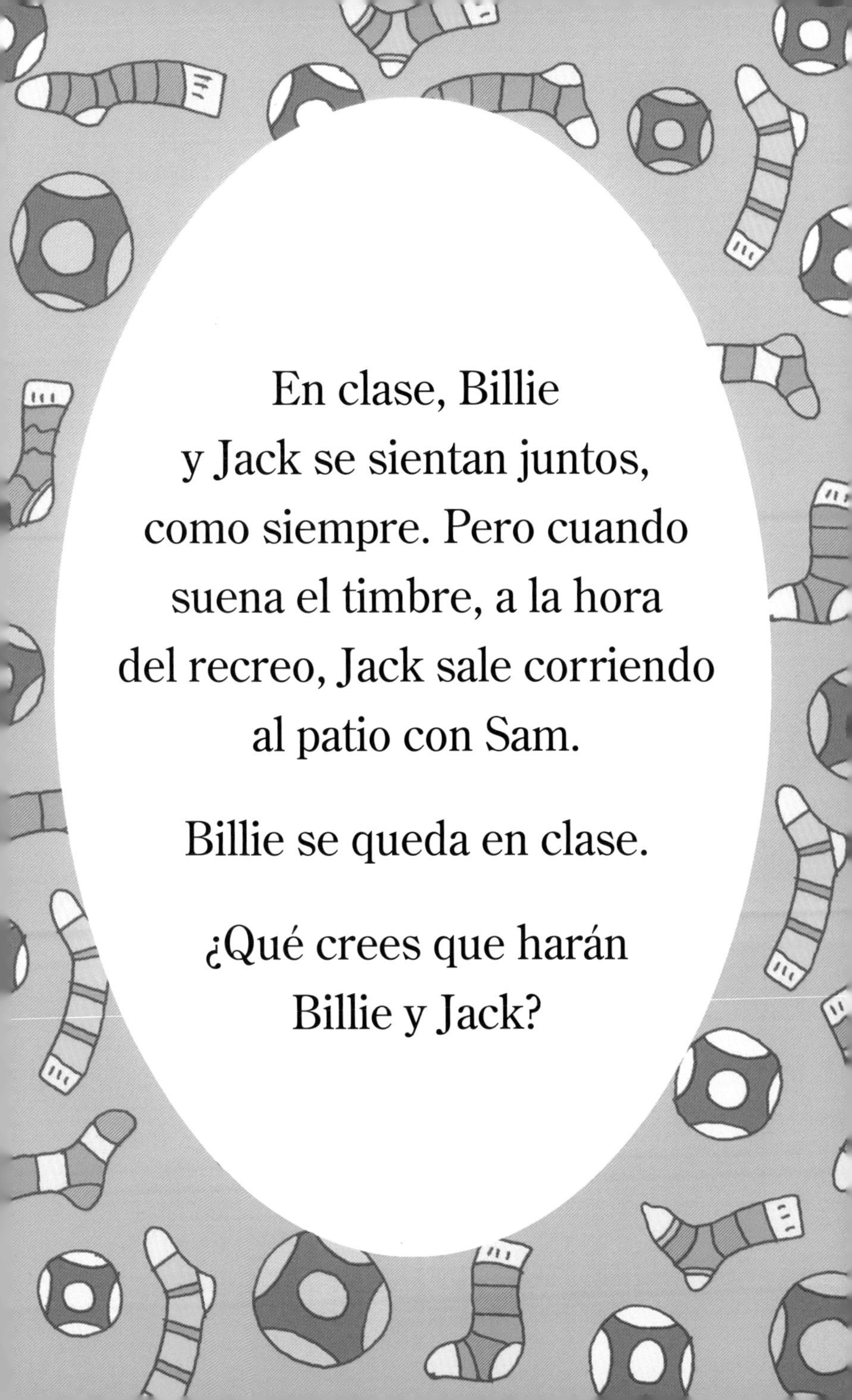

En clase, Billie
y Jack se sientan juntos,
como siempre. Pero cuando
suena el timbre, a la hora
del recreo, Jack sale corriendo
al patio con Sam.

Billie se queda en clase.

¿Qué crees que harán
Billie y Jack?

Jack y Sam comen a la sombra.

Cuando acaban, corren
al campo de fútbol. El equipo
contrario ya está allí.

—¡Eh, mira! —dice Jack—. ¡Nuestros rivales tienen un jugador nuevo!

El jugador nuevo lleva una gorra roja y calcetines a rayas.

¡El partido comienza!

Sam juega con ganas, Benny juega con muchas ganas, y Jack juega con muchísimas ganas.

Pero en el otro equipo hay un jugador que juega con requetemuchísimas ganas.

El nuevo jugador del equipo contrario es muy bueno. Sam, Jack y Benny son rápidos, pero el nuevo jugador lo es más todavía.

Pronto, el nuevo jugador
los deja atrás y marca un…

¡Todo el mundo lo celebra!
Todos, menos Sam y Benny,
que están preocupados.

¡El equipo contrario está ganando!

—¡Su nuevo jugador es muy rápido! —le comenta Sam a Benny.

—¡Y tanto! —dice Benny.

—¡No tenemos a nadie tan rápido en nuestro equipo!

Benny y Sam corren con todas sus fuerzas. Sin embargo, son incapaces de alcanzar al nuevo jugador, el de la gorra roja y los calcetines a rayas.

Poco después suena el timbre. ¡Ha ganado el equipo contrario!

Benny y Sam están disgustados, pero Jack está feliz.

—¿Por qué sonríes? —le pregunta Benny—. ¡Hemos perdido!

—¡No es justo! —exclama Sam—. ¡El nuevo jugador es demasiado bueno!

—Es verdad —dice Benny—. ¿Quién será?

—Venid y lo veréis —contesta Jack.

Los tres se acercan al jugador de la gorra roja y los calcetines a rayas.

El jugador misterioso se quita la gorra y sonríe.

¿Sabes quién es? ¡Es Billie, por supuesto!

Q

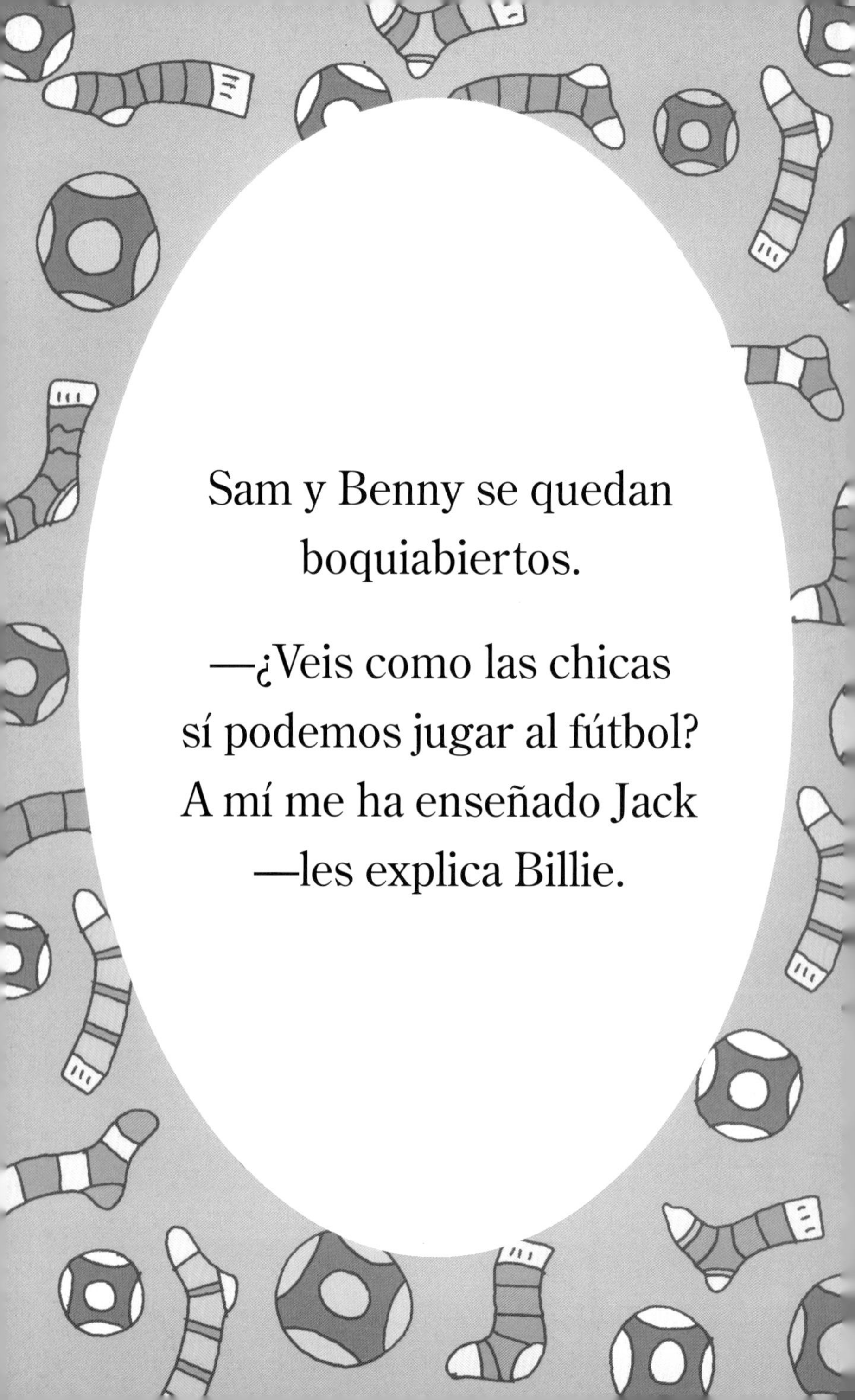

Sam y Benny se quedan boquiabiertos.

—¿Veis como las chicas sí podemos jugar al fútbol? A mí me ha enseñado Jack —les explica Billie.

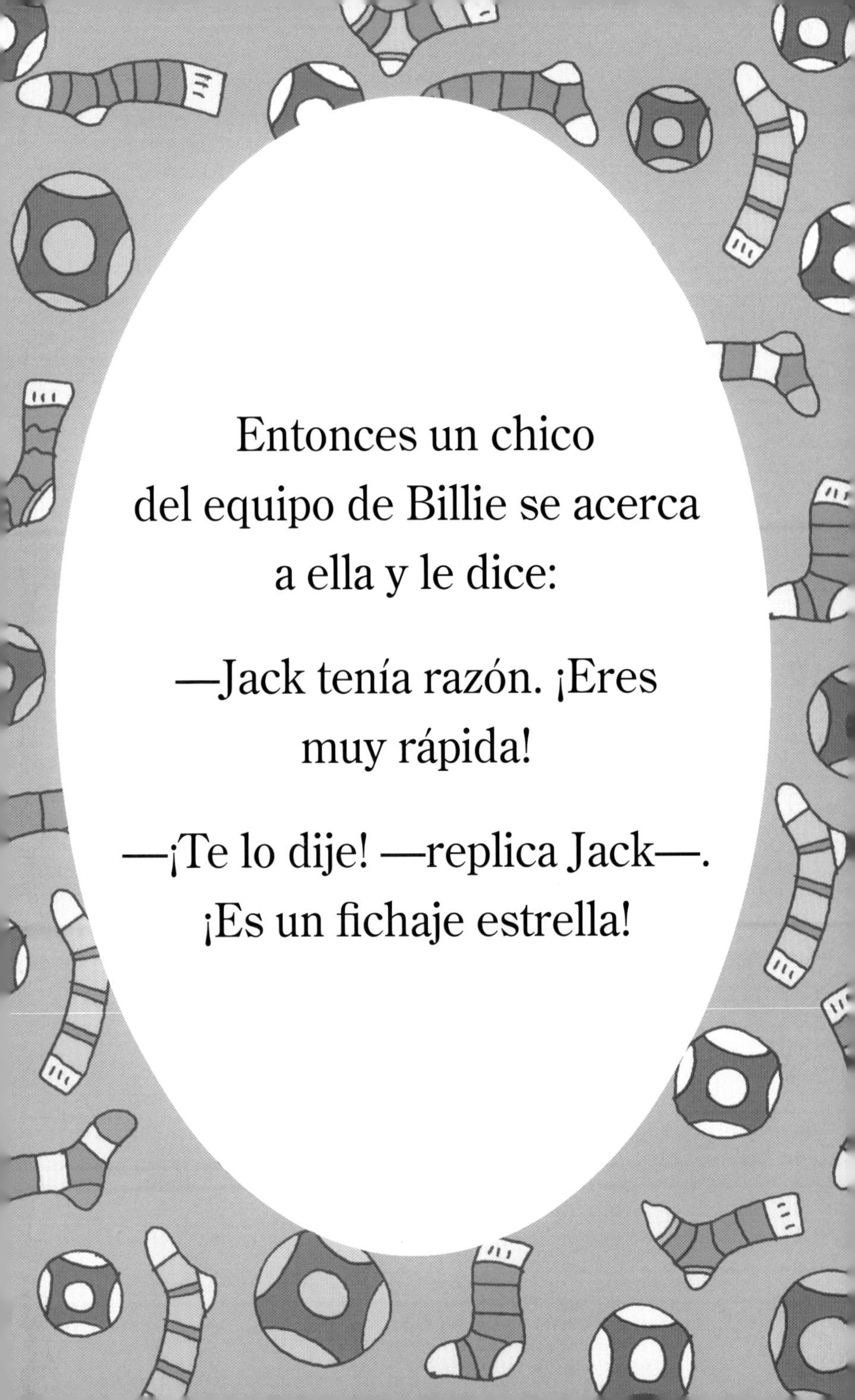

Entonces un chico
del equipo de Billie se acerca
a ella y le dice:

—Jack tenía razón. ¡Eres
muy rápida!

—¡Te lo dije! —replica Jack—.
¡Es un fichaje estrella!

Billie mira a Sam y a Benny y les dice:

—Puede que juegue en vuestro equipo alguna vez...

—¡Genial! —contestan Sam y Benny a la vez.

—Pero ¡solo si me dejáis ser capitana! —añade Billie con una sonrisa.

CAPITANA

Billie B. Brown

Índice

TÍTULOS DE LA COLECCIÓN